Jackets

Big Bear had a blue jacket.

Little Bear had a green jacket.

The jackets were old.

The bears wanted new ones.

They went to the shop
to get new jackets.
"I like red," said Little Bear.
"I like red too," said Big Bear.

Back home, Big Bear
put on the new red jacket.
He growled and grumbled.
"This jacket is too small."

Little Bear put on
the new red jacket.
He grumbled and growled.
"This jacket is too big."

The bears were not happy.
Little Bear said to Big Bear,
"My jacket is too big
and your jacket is too small."

"These jackets don't fit,"
grumbled Big Bear.
"We will send them
back to the shop."

"I like my old jacket,"
Big Bear said to Little Bear.

Little Bear said, "Me too!
My old jacket fits me."

La cinquième roue du carrosse

Il était une fois, dans un royaume lointain, un carrosse magnifique qui appartenait au prince **Jean Tleumane**. Ses fauteuils étaient en velours rouge, ses essieux en or pur, ses roues en pierres précieuses, son toit en ivoire. C'était le plus beau carrosse du royaume et tous les rois des alentours enviaient le prince de posséder un tel trésor.

Comme tous les carrosses, celui du prince possédait
quatre roues, et une cinquième, fixée à l'arrière,
au cas où l'une des roues principales se casserait.
La cinquième roue du carrosse était donc
une roue de secours, au cas où.
Elle se sentait bien seule et bien
inutile à l'arrière du carrosse.

Les quatre autres roues ne se privaient d'ailleurs pas
de lui répéter à longueur de journée :
« Regarde ! Nous, nous sommes en pierres précieuses,
rubis, émeraudes, saphirs, et toi, tu n'es qu'une pauvre
roue en bois toute bête. Tu es ridicule !

— En plus,
tu ne sers à rien !

$\mathcal{C}$omme nous sommes en pierres précieuses,

nous sommes très solides et nous ne casserons pas !

On ne t'utilisera donc jamais !

– Et puis, les gens ne te voient même pas !

Tu es cachée, à l'arrière, alors que nous brillons

de mille feux et que tous se retournent sur notre passage

quand nous roulons. »

Et les quatre roues partaient chaque fois
en roue libre d'un grand éclat de rire.
Toutes les nuits, la petite roue pleurait amèrement
sur son sort et se disait qu'elle allait passer sa vie
ainsi, inutile, ignorée, à l'arrière d'un beau carrosse.

Le prince **Jean Tleumane** était secrètement amoureux de la princesse *Verrie Bioutifoule* qui habitait le royaume d'à-côté. Mais le père de la princesse ne voyait pas cet amour d'un très bon œil. Il avait décidé depuis longtemps de marier sa fille à un vieux roi fort laid et fort avare.

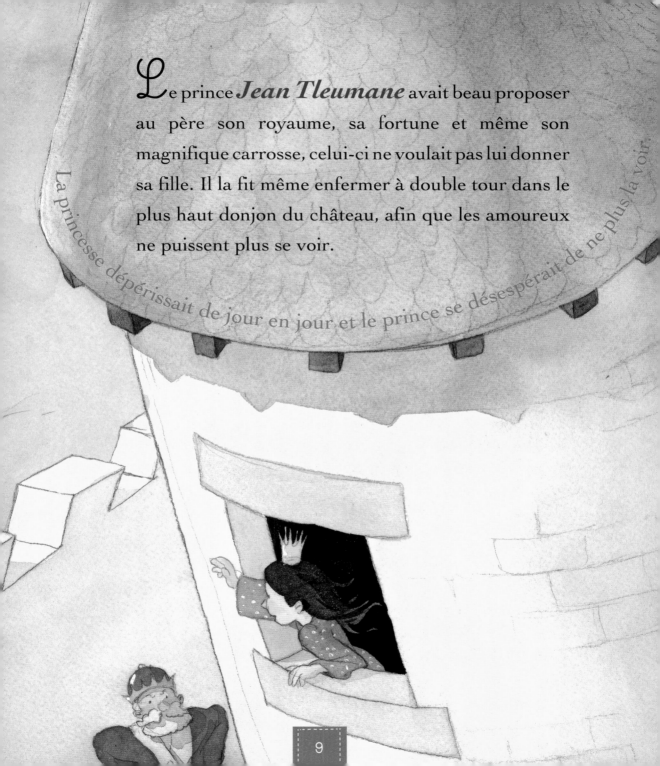

Le prince *Jean Tleumane* avait beau proposer au père son royaume, sa fortune et même son magnifique carrosse, celui-ci ne voulait pas lui donner sa fille. Il la fit même enfermer à double tour dans le plus haut donjon du château, afin que les amoureux ne puissent plus se voir.

La princesse dépérissait de jour en jour et le prince se désespérait de ne plus la voir.

Une nuit, la princesse
envoya au prince un pigeon
voyageur porteur de
ce message :

Mon cher amour,
Je ne supporte plus
d'être séparée de vous.
Aidez-moi !

La princesse Verrie Bioutifoule

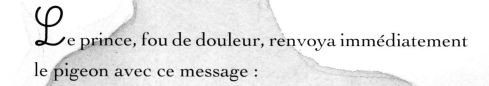

$\mathcal{L}$e prince, fou de douleur, renvoya immédiatement le pigeon avec ce message :

Ma douce,
Ne perdez pas espoir !
Tenez-vous prête la nuit prochaine.
Je viendrai vous enlever en carrosse
et nous fuirons tous les deux.
Le prince Jean Tleumane

La nuit suivante, le prince **Jean Tleumane** fit atteler son carrosse et roula à toute allure vers le château de sa princesse. Il gara son carrosse dans la forêt, attendit que tous les habitants du château soient endormis et se faufila sans bruit jusqu'au pont-levis. Là, il assomma les gardes et leur vola les clefs du donjon où était enfermée la princesse.

Il courut la délivrer.

Dans la forêt, le carrosse attendait patiemment son prince et sa promise. Mais une bande de voleurs de grand chemin passa par là. Leurs regards furent attirés par le carrosse qui brillait dans la nuit...

comme une étoile dans le ciel.

« Ah ah ah,

ricanèrent-ils.

Qui a été assez bête pour laisser un tel trésor sans surveillance ?

Voici un beau butin !

Nous allons gagner beaucoup d'argent en le revendant, de quoi vivre tranquillement jusqu'à la fin de nos jours ! »

$\mathcal{I}$ls jetèrent à terre la cinquième roue, qui n'avait aucune valeur puisqu'elle était seulement en bois, enfourchèrent les chevaux et partirent au triple galop avec le précieux carrosse.

Quand le prince et la princesse arrivèrent à bout de souffle dans la forêt, ils ne trouvèrent qu'une pauvre petite roue toute seule à la place du beau carrosse :

« Mon Dieu, s'écria la princesse, on a volé le carrosse ! Nous ne pourrons jamais nous enfuir, et j'entends les chiens de mon père qui approchent.

Qu'allons-nous faire ?

Tout est perdu ! »

« Attendez, ma princesse, j'ai une idée : nous allons fixer la cinquième roue que voilà devant cette cagette de maraîcher qui traîne sur le bord du chemin, et je vous transporterai jusqu'à mon château. »

Le prince, qui était fin bricoleur, fixa la cinquième petite roue, enfonça deux grosses branches d'arbre pour faire les poignées et la princesse s'assit dans cette brouette de fortune.

La charge parut bien lourde aux petites épaules de la petite roue !

Et elle devait tout porter toute seule !

$\mathcal{L}$e prince l'encouragea comme il put :

« Je t'en prie, petite roue,
emmène-nous loin d'ici,
sauve-nous, notre vie dépend de toi ! »

Le prince se mit à pousser la brouette et, n'écoutant que son courage, la cinquième petite roue porta vaillamment tout le poids de ce drôle d'équipage.

Bientôt le prince se mit à courir, car les chiens les poursuivaient toujours. La cinquième petite roue tenait toujours bon.

Elle roula, roula, jusqu'à n'en plus pouvoir.

Quand ils arrivèrent enfin au château du prince *Jean Tleumane*, la petite roue tomba évanouie, à bout de forces. Le prince et la princesse coururent se réfugier à l'intérieur.

$\mathcal{L}$e lendemain, on célébra dans tout le royaume le mariage du prince **Jean Tleumane** et de la princesse *Verrie Bioutifoule.* Et devinez qui les emmena à l'église ?

La cinquième petite roue du carrosse, bien sûr !

On l'avait parée de pierres précieuses, pour l'occasion !

Et comme elle était fière, devant sa brouette ! Une brouette ? Mais oui, le prince et la princesse avaient décidé de conserver ce mode de transport un peu particulier et pas très confortable,

mais qui leur avait sauvé la vie.

$\mathcal{C}$e fut donc le cortège le plus original qu'on ait vu depuis longtemps : une petite roue toute guillerette, une simple brouette, décorée de tulle et de fleurettes,

une princesse en goguette
et un prince avec des rêves fous plein la tête !

Je suis un ga

Mon nom

Ma taille

Mon animal préféré

Ce que je veux faire quand je serai grand

Ma famille

on formidable !

Ma couleur
préférée

Ma signature

Ma date de
naissance

Mon
empreinte
digitale

Ma photo

Mes rêves
les plus grands

Mon premier
voyage

Ma chanson
préférée

Le sport que
je pratique

La blague qui me fait le plus rire

Mon livre
préféré

_____

Les prénoms
de mes copains

_____

_____

_____

Mon dessin
animé favori

_____

Ce que
j'aime manger

_____

Mon arbre
préféré

_____

© Groupe Fleurus, Paris, 2008
Site : www.fleuruseditions.com
ISBN : 978-2-2150-4764-3
Code MDS : 651 186
N° d'édition : 11217
Tous droits réservés pour tous pays.
«Loi n°49-956 du 16 juillet 1949
sur les publications destinées à la jeunesse.»
Achevé d'imprimer en novembre 2011 par Edelvives en Espagne
Dépôt légal : Janvier 2008